유배 이후

나답게 사는 시 007

유배 이후

지은이 | 김봉석
펴낸이 | 一庚 張少任
펴낸곳 | 돌설 답게
초판 인쇄 | 2021년 7월 15일
초판 발행 | 2021년 7월 20일
등 록 | 1990년 2월 28일, 제 21-140호
주 소 | 04975 서울특별시 광진구 천호대로 698 진달래빌딩 502호
전 화 | (편집) 02)469-0464, 02)462-0464
         (영업) 02)463-0464, 02)498-0464
팩 스 | 02)498-0463
홈페이지 | www.dapgae.co.kr
e-mail | dapgae@gmail.com, dapgae@korea.com
ISBN 978-89-7574-335-1
ⓒ 2021, 김봉석
나답게·우리답게·책답게

나답게 사는 시 **007**

유배 이후

김봉석 시집

도서
출판 **답게**

김 봉 석

충북 단양생.
청주교육대학교, 건국대학교 대학원 졸업(교육학박사).
1991년《교자문원》시 부문 3회 추천 등단.
1992년《아동문학평론》신인문학상 동시부문 당선.
창문문학상, 수곡문학상, 한인현 글짓기 지도상,
강서문학 대상, 통일 동요 노랫말 공모전 금상 등 수상.
동시집『나무는 나무끼리 서로 사랑하며 산다』,
『나무도 사랑을 할 땐 잎을 흔든다』,
『내가 네 가슴 속에 꽃필 수 있다면』등 5권 출간.
한국현대아동문학작가회 회장, 한국현대시인협회 회원,
한국문인협회 회원, 한국동시문학회 이사.

2부 기다리는 일

3부 유배 이후

사랑과 그리움, 그리고 외로움

　다산茶山 정약용丁若鏞: 1762~1836은 인생의 황금기 대부분을 유배지에서 보냈다. 형 한 명은 죽임을 당하고 또 한 명은 귀양을 가는 등 순탄하지 않은 가족사가 그를 더욱 아프게 했을 것이다. 그런 아픔을 참아내며 사랑과 그리움의 열정을 후학 교육과 저술 활동에 쏟아부어 『목민심서牧民心書』 등 후대에 길이 남을 역작을 남겼다. 혹자는 다산에게 유배의 세월이 없었다면 명저의 탄생도 없었을 것이라는 설說을 내세우기도 하는데, 그는 어떤 상황에서라도 자신이 할 일을 최선을 다해 완수했을 열정적인 사람이라는 것이 나의 생각이다. 그 열정의 속내에는 사랑과 그리움, 그리고 외로움이 자리 잡고 있었을 것이다.

　나는 과작寡作이기는 하나 시를 쓰면서 다산의 마음을 생각한다. 먼 땅에서 고생하고 있을 가족과 절해고도絶海孤島에서 유배의 형을 살고 있을 형제를 향한 사랑과 그리움, 그리고 기나긴 날의 외로움. 이러한 것들이 그로 하여금 붓을 움직이게 했을 것이라고 믿는다.

이 시집을 엮으면서 갑자기 대학 시절 함께 문청文靑의 길을 걸었던 벗들이 그리워진다. 등나무 아래서 펼쳤던 '5인 시화전'이 떠오르고, 깊은 밤을 울렸던 '문학의 밤'이 소환된다. 그 5인 중 1인은 시를 쓰다 별이 되었다. 이 또한 그리움이고 외로움이며 사랑이리라. 시를 쓸 때마다 문득문득 떠오르는 80년대의 고독과 사랑이 내 시의 씨앗이 되었나 보다. 세월의 틈새를 좁히기 위해 노력해야 하겠다.

나는 외로움을 많이 탄다. 직장도 있고 가족도 있고 취미도 있는 사람이 무슨 외로울 틈이 있느냐고 하겠지만, 문학은, 시는 외로움 없이는 태어날 수 없다는 것이 나의 지론이다. 그 대상이 무엇이든지 사랑 없이는, 절박한 그리움 없이는 시를 쓸 수 없지 않겠는가?

사람에 대한 그리움, 역사에 대한 돌아봄, 자연에 대한 사랑, 그것이 내가 시를 쓰는 원동력

이다. 표현은 조금 서툴지 몰라도 그 속에 담고
자 하는 진심만은 함께 해 주기를 기대하며, 지
금까지 나의 시를 묵묵히 지켜봐 준 아내와 딸,
아들에게 고마움을 전한다.

2021년 초여름에

김 용 석

1부 나답게 사는 시詩

슬픔의 중립

슬픔 앞에선
중립이 없다고,
인간적 슬픔 앞에선
중립일 수 없다고,

명동성당
맨 앞줄에 앉은
위안부 할머니들

소녀 시절
그들이 겪은
쓰라린 아픔 앞에
어느 누가
눈길 주지 않으랴

피어보지도 못하고
꺾여버린
아리고 아린 슬픔이여,

세상의 모든 시선이
그들을 향해
한곳으로 모였다

슬픔엔
중립이 없다

상처

어떤 이에게도 상처 주지 말고 살자고
다짐하고, 또 다짐하였지만
무심코 한 말 한마디가
그 누군가에게 상처가 되었다

사랑은 쉬지 않고 움직인다지만
상처는, 아물지 않고
그 자리에서 나를 지켜보고 있다

살며시 배어 나오던 핏방울도
삶의 여정같이 끈적이던 진물의 흘러내림도
모두 상처의 증거지만,

마음속에서 지워지지 않는 기억은
또 다른 흔적을 남기고
나는 떠나려고 한다

그 누구에게서도 상처받지 말고 살자고
수없는 밤을 지새웠지만
오랜 세월에도 상처는 아물지 않고
오히려 그것을 기록한다

강물

강물에게
처음부터 제 길이 있었던 건 아니다
바다로 가는 길을 알아보고
더 낮은 곳으로 가는 법을 찾아보고
소리도 낮추고
방향도 바꾸면서
제 길을 스스로 만들며 간다

물길 가로막은 바윗돌도
돌아가면 그뿐,
애써 맞서려 하지 않는다
거슬러 올라오는 물고기도
잠시 멈춰
시간을 비켜 주면 될 일

강물은
웅덩이를 만나 잠시 쉬었다 가기도 하고,
큰 산을 만나면
한 바퀴 휘돌아 흐르며
마침내 제 길을 만들고
바다로 간다

흐르며 본 것, 들은 것
모두 하늘에 보내고도
스스로 만든 길을
남겨 놓고 간다, 강물은

봄 산

봄볕 흐린 산자락에
둥지 튼 욕망덩어리

겨우내 참았던
붉은색 열정 끌어올려
토해낸 혈흔
차마 쳐다보지 못한 눈부심

사랑할 게 너무도 많았나 보다,
저렇게 붉은 응어리
풀어놓은 걸 보면

말하지 못한 회한도 있었나 보다,
저렇게 진한 흔적
지우지 못하는 걸 보면

족쇄 찬 나무

나무에게
자유라는 이름으로 쓰인 모든 글들이
네 앞에서 부끄러운 것은
무슨 까닭인가?

사람도 잘못이 있으면
다스리는 도리가 있는 법
하물며 말 못 하는 나무에게야
무슨 죄가 있어
가슴 언저리에 족쇄를 차고
세월을 참고 또 참고
살아야 하는가?

나무야,
땅속 깊이 박힌 뿌리마저
거주 이전의 자유를 구속하는데
심장을 동여맨 쇠족쇄는
너의 무엇을 억압하는가?

모든 죄의 근원은 사람에게서
모든 죄의 끝은 사람에게로
미안하다,
나무야

폭설

눈이 내렸습니다
기나긴 겨울을 증명이라도 하듯
발목이 푹푹 채는 큰 눈이 내렸습니다
이렇게 큰 눈이 내린 겨울날에
나는 따스하고 작은 사랑을 생각합니다
어느 긴 겨울날을
경칩의 개구리처럼 땅을 헤집고 나와
결국은 그대 가슴에 파란 점 하나가 될
그런 작은 사랑을 생각합니다
참으로 긴 세월이었지요
기나긴 동면에서 빛나는 하루를 맞기까지는
아픔도 있었고 쓰라림도 있었던 나의 삶에서
그대는 누구인가요?
어느 날 갑자기 다가온 손님처럼
폭설로 인적 끊긴 오지 마을에서처럼
그대와 난 결국 만나질 수 없는 건가요?
큰 눈으로 보였으나

가느다란 햇볕에도 하염없이 스러지고 마는
그런 것인가요?

무인도

나는 언제나 무인도에 산다
수많은 사람들 속에서
혼자라는 걸 느끼는 순간,
내가 있는 곳이 바로 섬이다

말을 하고 있으나
그 말이 허공을 떠도는 순간,
내 눈앞에는 넘을 수 없는
높다란 벽이 생기고
메아리도 없이 망망대해로 사라지는
언어의 무덤, 무인도

나는 언제나
여럿이 함께 있었으나 혼자였고
말은 하였으나 돌아오지 않았고
숨은 쉬고 있었으나 살아있지 않았다,
무인도에서는

분수

흰 물줄기가 하늘을 향해 거스르는 오후
살아 있는 것은 모두
땅에서 제 삶을 보존할 때
너는 오로지 더 높은 곳을 향해 솟아오르니
드넓은 벌판도 너무 좁구나
너에게 눈이 있어 세상을 볼 수 있다면
하늘을 향해 오르다가 스러져도
억울할 것 없는 삶
결국 강을 따라 바다로 가고
다시 하늘로 증발할 운명을
너는 알고 있는지
우리의 삶도 너처럼
높은 곳을 향해 오르다가
결국은 부서지고 말 것인가
처음 솟구치는 힘은 위대했으나
떨어지고 부서지는 모습은
아주 작은 물방울뿐
하루는 그렇게 간다

비 오는 날

비 오는 날 만나고 싶은 사람이 있다
창문을 흔들고
빗방울이 온 방 안을 적실 것 같은 날에
꼭 만나고 싶은 사람이 있다
빗줄기 속에서 하얀 종아리를 드러내고
차박차박 걸어가는 사람
그녀에게 우산은 사치에 불과한 것
어깨에 닿는 머리카락이
찰랑찰랑 빗방울을 밀어내는
그대가 있어 나는 행복하다

비 오는 날 보고 싶은 사람이 있다
천둥 번개가 치고
그 소리가 온 지구를 진동시킬 것 같은 날에
꼭 보고 싶은 사람이 있다
어둠 속에서 가느다란 몸매를 드러내고
빗속을 헤치고 가는 사람

그녀에게 비는 자연의 현상일 뿐
휘익 휘익 바람을 일으키는 몸놀림이
푸른 어둠을 가르는
그대가 있어 나는 행복하다

서울역에서

어디서 와서 어디로 가는 것일까?
서로를 모르는 익명의 사람들이
셀 수 없이 쏟아져 나오는 인위의 공간

그리운 사람을 만나기 위해
때로는 보고 싶은 사람을 향하여
어떤 사람은 지상에서 지하로,
어떤 이는 지하에서 지상으로
끊임없이 몰려드는 군중의 물결

자신은 그 어떤 부류도 아니라고
스스로를 분류하고
공항철도에서 내려
곧바로 지하 3층 국민은행 앞으로 간다

딸아이에게 보낼 외화를 바꾸기 위해
속주머니에서 두툼한 지폐를 꺼내
신분증과 함께 내밀면
낯선 이국의 초상이 그려진 종이 다발이
그 나라를 가까이로 불러온다

어떤 이는 허기진 배를 채우기 위해
식당에 앉아 있고
누군가는 표를 끊고
자신이 갈 방향을 찾아가는데,
나는 익명의 무리에 숨어
왔던 길을 되돌아간다
다시 서울역 지하를 통해서

소사리 고개*

얼굴도 보지 못한 할아버지의 산소가 있는 곳
그 옆에 할머니도 묻혀서 울고 있는 곳
큰아버지도 묻혀서 울고 있는 곳
강원도 횡성군 둔내면 영랑리에서
소사리 휴게소로 넘어가는 좁은 길은
아직도 포장이 안 된 채
장마의 흔적을 그대로 간직하고 있다
하얀 들국화가 나풀거리고 있다
중고 자동차의 바닥이
튀어나온 진흙에 닿을 때마다
끽, 끼익 소리를 냈다
아버지는 6·25 때 따발총 소리 같다고 했다
두 홉들이 경월소주를 종이컵에 따르고
젖은 풀 위에 엎드려 절을 할 때
보지도 못한 할아버지의 얼굴은 떠오를 리
도 없는데
패랭이꽃 한 송이가 두 눈에 들어왔다

어쩌자고 할아버지는 죽어서
패랭이꽃으로 피신 것일까?
고개를 들어 내려보니
지천으로 깔린 것이 패랭이꽃이다
얼마나 한이 많았으면
얼마나 손자가 보고 싶었으면
저리도 가냘픈 패랭이꽃으로라도 피어나신
것일까?
무릎에 묻은 진흙 자국이
거의 다 말라갈 때까지도
보지도 못한 할아버지의 얼굴은
떠오르지도 않고
내 눈에는 패랭이꽃만 아른거렸다

* 소사리 고개 : 강원도 횡성군 안흥면 소사리에 있는 고개.

아버지의 송곳

다 떨어진 가방끈을
나일론 줄로 꿰매주시던
아버지의 손
그 손에 들려 있던 송곳
오늘은 내 책상 속에서
곤한 잠을 자고 있다

못 쓰게 된 우산살을 자르고
싸리나무로 다듬은 자루
오랜 세월을 이긴 흔적이지만
훈장처럼 뽐내지도 않고
그저 소리 없이, 침묵으로
그 세월을 이기고 있다

언젠가 유용하게 쓰일
그날을 위해,
반짝이게 날을 다듬고

얼룩진 자루를 닦으며
그리워하고 있다,
아버지의 송곳

닌텐도 증후군

오래된 영화 필름처럼
게임기 모니터가 떨고 있다
220볼트의 전압이
거침없이 흐르던 전선에
동맥경화증 환자의 핏줄 같은
떨림이 있고 나면
갑자기 떨려오는 몸,
흔들리는 정신
무엇보다도 참을 수 없는 것은
앞이 보이지 않는다는 것

시간이 흐르면
좋아지려니 하는 기대가
산산이 부서지는 아침
지금도 내 손에는
게임기 스위치가 잡혀 있고,
세상은 흔들리는 사람들로 가득하다

고압 전류에 감전된 채 살아가는
우리의 평범하지 않은 삶,
언제 멈출 것인지
아무도 얘기하지 못하고
누구도 바라보지 못한다

2부 기다리는 일

거울

뒤돌아서도
아무 소용이 없다
이미 너의 모습을 스캔하고
저장까지 한 상태,
뒤돌아선다고
너의 모습이 변하는 건 아니다

돌아선다고
떠나갈 수 있는 건 아니다
이미 너의 생각으로 꽉 차고
각인되어 있는 상황,
돌아선다고
너와 나의 관계가 무너지는 건 아니다

함부로 돌아서지 마라
세상 모든 곳에
너를 지켜보는 거울이 있듯

너와 나의 마음속에도
깨지지 않는 거울이 있다

그리운 사람에게

사랑한다는 말을
수없이 되새기다,
속으로, 속으로 되새기다,
끝끝내 말하지 못하고
무정한 세월처럼 돌아설 때,
봄바람에 흩날리는 꽃비처럼
우리의 추억도 사라져 갔습니다

보고 싶다는 말을
가슴속에만 묻어두고
한 번도 드러내지 못한 바보처럼
꺼이꺼이 목울대를 새울 때,
그 봄날의 신기루처럼
우리의 사랑도 떠나갔습니다

그리운 사람아
지금 어디에서

또 다른 사랑을 찾아 울고 있을
그리운 사람아,
그대 때문에
말 못 하고 돌아선 사람이 있음을
생각하세요
그리운 사람아,
그대 때문에
아직도 기다리고 있는 사람이 있음을
기억해 주세요

꿈속에서

꿈속에서 그대를 만납니다
은사시나무 잎처럼 반짝이던 그대의 모습에서
사랑할 수밖에 없는 어떤 운명을 느낍니다
어둡고 긴 터널을 빠져나와
이제 새 아침을 맞는 겸허함으로
그대의 이름을 불러봅니다

내게 주어진 운명을
우연처럼 가장하고 살라면
마음속 깊이 아로새겨진
그리움은 어떻게 할까요?
땅속을 헤매는 마그마가 되어
몇천 년을 더 기다려야 할까요?
아니면 한순간 타오르는 불꽃이 되어
그냥 사그라들고 말아야 할까요?

꿈속에서 만나는 것조차도 죄가 된다면
이 세상에 죄 없이 사는 사람이 몇이나 될까
요?
사랑이 그리움으로 그치고 만 지금
그대를 위해 내가 할 수 있는 일은
오직 꿈속에서 만나는 것뿐,
가슴속에 그리움을 묻고 사는 것뿐

목련꽃

누군가 편지를 쓰나 보다
쓰다가 지우고 쓰다가 지우고
차마 보내지 못해서
창밖에 떨어져 쌓여있는 꽃잎들

누군가 편지를 쓰나 보다
부르려다 멈추고 부르려다 멈추고
차마 부르지 못하고
담장 밑에 두고 간 그리움 뭉치들

오늘도
한 장 한 장 편지를 쓰는 마음으로
너를 본다
한 장 한 장 편지를 읽는 마음으로
너를 생각한다

사랑한다면

당신이 누군가를 사랑한다면
정말 사랑한다면
그 사람 곁으로
너무 가까이 가지 마세요
사랑은 바람과 같아서
저만치 달아날 수 있으니까요

당신이 누군가를 사랑한다면
진정 사랑한다면
그 사람 곁에서
너무 멀리 떠나가지 마세요
사랑은 세월과 같아서
잊혀질 수 있으니까요

당신이 누군가를 사랑한다면
적당한 거리를 유지하세요
밀리는 도로와 같아서
안전거리가 필요하니까요

눈

눈이 내리면 좋겠네
그대와 떠난 여행지에서
한 걸음도 움직일 수 없게
무릎까지 푹푹 쌓이는
눈이 내리면 좋겠네

하얀 세상
발길이 끊겨 암흑이 될 때
그대와 나, 사랑을 확인하고
잘 뭉쳐지는 눈덩이처럼
하나였으면 좋겠네

그치지 않았으면 좋겠네
내리는 눈발 사이로 보이는 세상
푸른 듯 흰 듯 움직이다가
또 밤이 되어 어두워질 때까지
미동도 않는 사랑이었으면 좋겠네

대설주의보

오늘은 손수건을 준비하세요
우리의 사랑엔 눈이 올지도 모릅니다
그 눈이 눈물이 될지도 모릅니다

거리로 나가는 사람
특히 밤새 외로웠던 사람
손수건을 준비하세요
그대의 눈물을 위하여

방황하고 싶은 사람
밤새 괴로웠던 사람
손수건을 준비하세요
사랑이 아니라도 좋습니다
그대의 눈물을 위하여

오늘은 아무것도 준비하지 마세요
사랑은 언제나 끝없이 허무한 것
한없이 내리다가
끝내 스러지고 마는 것

사랑을 위하여

모든 게 사랑이었으면 좋겠네
돌아서긴 쉬워도
잊혀지긴 어려운 세상

언젠가
그대가 내게 보낸
투명한 눈짓처럼
한순간 떠돌다 마는 삶

내가 처음
그대 안에서 쓰러질 때처럼
허전함 같은 순간은
없었으면 좋겠네

믿기는 어려워도
배반당하긴 쉬운 세상
모든 게 꿈이었으면 좋겠네

현기증

지금도 꿈속에서 그대를 만나면
눈앞이 아찔해집니다
흙먼지 속으로 아스라이 멀어지면서도
따스한 눈길로 바라보던
옛사랑의 뒷모습

그대를 생각하면
눈앞이 캄캄해집니다
가슴속 깊이 새겨둔
그 사람을 향한 마음을
어쩔 수 없이 접었던 순간 때문에
쓰라렸던 시간을

지금 그대를 만난다면
머리가 어지러워질 겁니다
아름다웠던 그 시절이
물줄기에 허물어지는 강둑처럼

허무해지던 찰나를
너무도 또렷하게 기억하기에,

지금 그대를 만난다면
다시는 돌아올 수 없는 곳으로
영원히 흘러가는
기억 속의 강물이 될지도 모릅니다
비로 내릴 하늘 향해 올라가는

기다리는 일

누군가를 기다리는 일은
외롭고 힘겹다

사람을 기다리는 일
나무가 바람을 맞이하는 일
구름이 태양을 바라보는 일
모두가 힘겨운 기다림이다

기다림 속에서
사랑한다는 말 한마디를
못 하고 살아온 삶은
또 얼마나 큰 괴로움이겠는가?

목적 없는 기다림
눈앞의 아른거림
보고 싶어도 말하지 못하는 아쉬움

모두가 아픔이고 상처지만
결코 헛되지 않을 기다림을 꿈꾼다

멈추려도 멈출 수 없는 것,
그것이 바로 기다리는 일이다

내 마음속에

내 마음속에
항상 당신이 있습니다

봄날, 아지랑이처럼
아스라이 떠오르는
먼 옛날의 추억도
당신과 함께 있습니다

가을날 떨어지는 나뭇잎처럼
쓸쓸하게 멀어져간
안쓰러운 기억도
언제나 당신과 함께 있습니다

세월이 가고
다시 또 세월이 와도
당신은 항상
내 마음속에 있습니다

3부 유배 이후

유배 이후 1
- 갈림길에서

인정 많은 주모가 옷소매를 놓지 않는다
엊저녁에 마신 농주가
취기를 핑계 삼아 옛일을 잊으라 한다.
꽃샘추위가 기승을 부리는 한수漢水를
늘배*로 건너던 날이 언제였던가?
내려오는 길가 야트막한 산에는
진달래가 입을 벌린 듯 흐드러지게 피었었
는데
춘래불사춘春來不似春이라던가
내 마음은 아직도 꽁꽁 언 채로 움직이지 않
는다
발길이 떨어지지 않는다
친구 같고 스승 같던 형**이
이제 이곳에서 헤어져
망망대해 한가운데 떠 있는
연잎처럼 불안한 저 섬으로 가고 나면
정말 떠나고 나면

나는 길을 잃은 고깃배
무엇을 붙잡고 살아야 할까?
한 줄 시를 쓴들 읽어줄 이 없지만
긴 밤을 새워 목민牧民하는 자의 도리를 쓰고
살아서 다시 만나는 날
기꺼이 보아주기를 갈구한다
해가 중천을 지나고 있다
사립문이 활짝 열려 있다

* 늘배 : 강에서 짐을 나르는 데 쓰던 돛단배.
** 형 : 다산의 형 약전.

유배 이후 2
- 차를 끓이며

덜하지도 더하지도 않은 중불로 찻물을 끓
이며
모락모락 피어나는 김을 바라본다
불혹不惑에 이곳에 와서
강산이 두 번 바뀔 만한 시간이 되었는데도
한 점 혈육을 바다에 두고
그리움만 묻어둔 것이 한이 되어 올라간다
몸이 불편하다는 서신을 받았는데
오늘도 우이봉* 꼭대기에 올라
흐릿한 육지를 표정 없이 바라보고 있는 것
은 아닐까?
맑게 우러나는 작설차처럼
티 없이 다스린 것이 죄가 된다면
향香 또한 얻지 못할 것,
혀끝을 맴도는 맛을 느끼면서
사람을 잊으려던 제자를 생각한다
어려운 일이지만

* 우이봉(牛耳峰) : 다산의 형 약전이 귀양 살던 우이도의 봉우리.

유배 이후 3
- 마재에서

초당 뒷산에 올라 한수漢水를 내려본다
산 너머 양수리에서 만나
고요히 흐르는 물 위에는
오르내리는 뗏목과 배들이
반갑다고 서로 손을 흔든다
살아서 바다를 건너지 못한 형이 생각난다
익모초 쓴맛을 혀끝으로 느끼며
풍기風氣를 달래듯
멀기만 한 현실이 가슴 아플 뿐,
앉은뱅이책상에 바투 앉아
공맹을 얘기하던 때가 엊그제인데
흐르는 물처럼 돌아오지 않는구나
궂은비에 쩍쩍 달라붙는 황톳길엔
끈끈함이 있었는데
한 번 떨어지더니 다시 붙질 못하는구나

하피첩[*]

사랑을 담아 내려보낸 그대의 치마폭에
세월보다 더 잔인한 가위질을 한다
그대와 내가 떨어져 지낸 세월만큼
그리움의 조각을 만든다

주고 싶은 것은 많았으나
사랑 말고는 줄 게 없었던 때
함께하고 싶은 시간을 원했으나
세상이 그것을 허락하지 않았을 때

천 리 밖 유배의 땅에서
그대와 한 가족도 돌보지 못한
오래고도 잔인한 회한을
그린다, 그저 한숨이 아닌 아름다움으로
눈물이 아닌 기쁨으로

언젠가는 알아줄 세상을 향하여
가족을 위하여
그리고 그대를 위하여
내가 그대에게 보낸
사랑보다 더 큰,
그러나 초라한 치마 위에
먹물로 쓴다, 그리움을 사랑을
그대여

* 하피첩霞帔帖 : 다산 정약용茶山 丁若鏞, 1762~1836이
  귀양지인 전남 강진에서 부인이 보내준 치마로 만든 서첩
  으로 두 아들에게 교훈이 될 만한 내용을 적은 편지글이다.

화곡본동 24번지 일대

사랑을 파는 사람들이 사는 곳,
화곡본동 24번지 일대
적막한 한낮의 고요가 흘러가고
이제 막 활기 넘치는 저녁이 시작되었지

아직 해그림자가 남아 있는 초저녁이지만
짧은 치마, 가슴 패인 웃옷을 입은 아가씨들은
'귀티나 미용실'로 들어가 머리를 만지고,
머리를 만지기 전에 불을 붙이는 담배 한 개비
희뿌연 연기가 뇌세포 몇 쯤 없애든
그래도 또 시작해야 하는 하루

집집마다 번쩍이는 네온 간판이 발광할 때쯤
그 속에선 더 미쳐서, 미치지 못해서 안달하
는 사람들
꼭 닫은 문틈으로 새어 나오는 불빛, 소리
귀가 멍해지도록 몽롱한 밤이면

화곡본동 24번지 일대에는 모두가 미쳐서
밤을 지새우고
또 적막한 휴식을 기다리지

사랑을 파는 사람들의 냄새,
냄새 나는 생선처럼 휘청거리며 태양을 보고
빨리 어둠이 오기를 기다리지

쟁반국수를 먹으며

자주 들르는 대림동 성모병원 앞 녹색 신호등
잰걸음으로 건너면
주둥이 끝으로 눈 속을 헤집는 겨울 개처럼
나는 갑자기 시장기를 느끼고,
생각만 해도 입속에서 춤을 추는 소화액
그 끈끈함이 가만히 있지 못하고 발걸음을
재촉한다
단발머리 아줌마가 엉덩이만 한 쟁반을 내
어오면
그 위엔 또 다른 세계가 담겨 있는 듯
길고 긴 세상사의 복잡함같이 엉킨 국숫발
드문드문 놓인 돼지의 하얗고 얼룩진 살점들
파랗게 희망을 암시하는 쑥갓과 파, 상추 조각
매우면서도 시원하고 짜면서도 담백한
고향의 맛을 먹으면서
갑자기 어머니의 얼굴이 떠오르는 것은
쟁반 때문만은 아닐 거다

젓가락으로 헤집을 때마다 다른 세계가 열
리는데
　끊어진 길 같은 국숫발
　내 살점 같은 고깃덩어리
　내 고향 산천 같은 채소들
　어머니의 품같이 따스한 맛
　그 위에 겹쳐지는 아버지의 얼굴
　콧기름 번질거리는 얼굴이 떠오르는 것은
　다만 국숫발의 질퍽함 때문만은 아닐 거다
　삶이 있으므로 곧 먹음이 있고
　음식이 있으므로 더욱 살맛이 난다면
　과장된 세상의 허물일까?
　끝내 남아서 흘러내리는 국물처럼
　그 속에 섞여 떠도는 끊어진 국숫발처럼
　우리의 삶도 결국은 동강 난 것이 아닐까?
　쟁반국수를 먹으며 별 쓸데없는 생각을 다
해본다
　할 일도 없이

바람에 날려간 그 자리에
당신을 묻고

아카시아꽃 향기 바람에 날려간
텅 빈 그 자리에 당신을 묻습니다
허리춤에 수건을 꽂고 어이 어이 발을 구르
는 사람이
생전 당신 모습 같아 문득 고개를 들어보면
산 사람과 당신을 구분 짓는 한 길도 안 되
는 땅의 깊이
가슴을 후벼 파는 아픔에 눈물이 강을 이룹
니다
구부정한 허리로 땅을 밟는 사람
꼭 살아생전 당신 모습 같아 눈물을 닦고 보면
별것 아닌 저승과 이승의 경계
복받치는 설움에 눈물이 바다를 만듭니다

한 번도 당신을 위해 살지 않고
남을 위해서만 산 당신
자식에게도 폐가 된다고

서울 나들이 때도 그냥 내려가셨다는 소식에
얼마나 서운했는지 모릅니다
마지막 순간까지도 당신 한 몸 가면 그만이라고
몸속에서 병을 키우다가 가신 분
가슴이 짓눌려 울음이 나오지 않는 경험을
하게 하셨습니다
늦둥이 막내를 위해 아껴두신 통장이
인주 빛 진하게 밴 도장과 함께
아로나민 골드 노란 약통 속에서
우리 눈앞에 나타난 날
또 한 번 눈물을 주셨습니다
돈으로 따진다면
다른 사람의 몇억 몇십억보다도 많았습니다
드실 것 입으실 것 아껴 마련한 그 돈은
돈이 아니라 당신의 눈물이었습니다.
당신의 땀이었습니다

윤달 든 해에 만든 당신의 가묘를
당신 눈으로 보시고 당신 손으로 보살피다가
결국 그 속으로 들어가신 아버지
아카시아꽃 향기가 바람에 쓸려간
그 자리에 우두커니 서 계십니다

화곡시장에서

새벽을 가르는 힘찬 함성이
삶에 기름 밴 목소리로 신호를 울리면
갑자기 적막을 깨고
분주해지는 시장 골목

오늘 하루를 또 어떻게 살아야 하나?
굽은 등을 힘주어 펴면
벌써 새벽은 저만치 뒷걸음치고
시작을 알리는 낯익은 목소리들
아침을 연다

싱싱한 물기를 머금은
생선이며 과일, 채소들도
오늘을 기다렸다는 듯 좌판 위에 줄 맞춰 서고
따뜻한 김 모락모락 피어오르는 음식들도
마수걸이를 목매어 기다리는 시간

깊은 잠에 빠진 어린아이를 두고
떠지지 않는 두 눈을 비비며 길을 나선
우리의 아버지 어머니가 저기 계신다
차마 떨어지지 않는 발걸음을 내디디고
하루를 시작해야 하는
일상이 기다리고 있다

서울특별시 강서구 화곡동 98-45번지 일대
화곡본동시장에는
오늘도 더 나은 삶을 위해
손님을 기다리는 사람들이 있다
다시 어둠이 오고
하나 둘 가게 문을 닫는 시간이 와도
저기 어디쯤엔가
차마 일어서지 못하는 사람들이 있다
화곡본동시장에는

자동판매기 앞에서

주머니 속에서만 있어
답답하다는 동전 두 개를 들고
혀끝을 유혹하는
자동판매기 앞에 서면
나도 모르게 주눅이 든다

문명이 만들어낸 편리함이
비웃는 듯 턱 버티고 서서
떨리는 손으로 동전을 밀어 넣으면
탁, 탁
입금을 확인하는 둔탁한 소리

내가 누를 단추는
빨갛게 달아오른 '판매 중지'
습성에 익숙한 손끝이
결정을 보류한 채
한참 헤매고 있다

반환 레버를 누르고 찾은
두 개의 동전이 갈 곳은
주머니 속일 뿐
아이들이 떠난 텅 빈 운동장처럼
허전하다
말 못 하는 기계 앞에서도

설거지를 하며

가슴을 파고들지 못한
욕망의 찌꺼기들이
인공의 물길을 따라
소멸하는 순간

먹어야 했던 것과
먹지 말아야 했던 것과
먹을 수 없었던 것에 대한
아쉬움의 소용돌이

흘깃 돌아본 텔레비전의 영상도
간섭음干涉音만 있을 뿐
조화를 이루지 못하고
나는 하릴없이
숙련된 손짓으로 허무의 거품을 일으켜
욕망을 걷어낸다.

그들은 경쾌한 파열음을 내며
돌아올 수 없는 곳으로
하직 인사를 한다

내부 수리 중

고요한 밤이 오면
상점의 불빛이 하나 둘 사그라지고
우리네 가슴도 문을 닫지

휴가를 떠난 상점처럼
며칠간 문을 열지 못하는 내 마음
언제나 내부 수리 중

깊은 밤을 아느냐 묻기에
사랑을 몰라 밤이 없었으면 좋겠다 대답하고
마음이 아프냐 묻기에
너무 아파 아픈지 모르겠다 대답하는
내 마음은 언제나 내부 수리 중

강

강이라고 다 같은 강이 아니다
어느 산골짜기, 시작된 근원이 다르고
그 속에 품고 있는 가족이 다르다

어느 물줄기는 깊은 산골짜기에서 시작되었고
다른 물줄기는 갑자기 내린 소나기가 모여
서 이르렀고,
어느 물줄기는 다시 더 큰 강으로 가고
다른 물줄기는 논으로, 밭으로
다시 바다로 가지만
뜨거운 햇볕 받아 하늘로 가기도 한다

가슴속에 온갖 물벌레와 눈에 보이지 않는
물풀들이 자란다
산사태로 흘러내린 시뻘건 진흙을
때로는 태풍에 부러진 나무등걸을 품기도
하고

어느 집 살림에서 나왔을 법한 살림살이까
지도
  기꺼이 품어주는 강물

  버리지 못하고 품어야 할 것이 너무 많아서
  그 속내를 보여주지도 못 한다
  울고 싶어도 소리 내어 울지 못하고
  속으로, 속으로만 삼키는 소리 없는 울음
  강은 오늘도 울고 있지만, 울지 않는 것처럼
흘러간다
  강이라고 속마음이 없는 게 아니다

지워지지 않는 삭제

바람 부는 날
낙엽과 함께 떠나버린
그대의 전화번호
휴대전화 속에서 지워 버리고

영화처럼 아련한
페이스북 친구도 끊어버리고
카스 친구도 차단했지만

함께 사랑했던 그대가
지운다고 지워지겠는가

지울수록 더욱 또렷해지는 기억들
지워도 지워지지 않는 그대
지워도 지워지지 않는 삭제

저 많은 사람들 속에서

거리를 오가는 저 많은 사람들 속에서
당신을 생각해 봅니다
언젠가는 아주 가까운 그대였다가
이젠 저 거리의 사람들처럼 멀어져간 사람을
하염없이 생각해 봅니다
사람의 삶이 바다라면
당신과 나는 밀물과 썰물이겠지요
한쪽에서 다가가면 다른 쪽에선 멀어지고
하나이나 결코 하나일 수 없는
그런 당신과 나이겠지요
참으로 긴 세월을 무던히도 참고 살아왔는데
오늘 저 많은 사람들 속에서 당신을 찾는 것이
얼마나 허황되고 부질없는 것인지
미처 생각하지 못했습니다
다시 가을이 오고
다시 가을이 가기 전에
당신의 얼굴을 찾고 싶습니다